LA QUESTION JUIVE

CRASSUS

Monologue en vers

par

Antoni BÉQUET

PRIX : UN FRANC

En Vente chez l'auteur

VILLENEUVE-SUR-YONNE (Yonne)

et chez tous les Libraires

1902

LA QUESTION JUIVE

CRASSUS

Monologue en vers

par

Antoni BÉQUET

PRIX : UN FRANC

En Vente chez l'auteur

VILLENEUVE-SUR-YONNE (Yonne)

et chez tous les Libraires

1902

LA QUESTION JUIVE

CRASSUS

Monologue en vers

par

Antoni BÉQUET

CITOYEN FRANÇAIS

Le Juif qui observe les justes lois de Moïse et le Chrétien qui met en pratique les sublimes préceptes de Jésus sont au même titre hommes de bien et peuvent unir dans une étreinte fraternelle leur amour de la Justice et de l'Humanité.

Antoni BÉQUET.

PRÉFACE

Il y a dix-sept ans que j'ai écrit cet opuscule.

A cette époque la **Question Juive**, qui existe depuis x-neuf siècles, n'était pas d'actualité. Seuls, deux hommes la itaient: l'un Drumont, dans des livres remarquables; l'autre, artyr obscur, dans le journal *" L'Anti-Sémitique"*, dont le titre même indique la précipitation avec laquelle son fondateur s'était jeté dans l'arène.

Depuis, cette question inéluctable a fait du chemin; elle a marché à pas de géant, et à propos de l'affaire Dreyfus, elle a vu le pays tout entier, le monde même, partagé en deux camps et soutenir avec une passion et un acharnement incroyables une lutte gigantesque qui, à plusieurs reprises, a ébranlé la société et jeté le désordre dans nos institutions.

Pour moi, la culpabilité de Dreyfus n'ayant jamais été prouvée, je le tiens pour innocent. Je vois en lui un martyr et mon cœur saigne à la pensée des effroyables souffrances, physiques et morales, qu'il a endurées.

Pour l'honneur de mon pays, je voudrais pouvoir dire que cet infortuné a été victime d'une erreur judiciaire; malheureusement les crimes dont se sont souillés ses accusateurs ne permettent pas que l'on qualifie ainsi le drame qui vient de se dérouler devant nous et dont les incidents de Melun et de Fontainebleau ne sont que de faibles échos.

La **Question Juive** subsiste plus grosse et plus menaçante que jamais et rien n'a été fait pour entamer ce bloc immense et redoutable.

Seul, il a deux ans, un législateur, le socialiste Rouannet, dans un de ces discours qui font époque dans les annales parlementaires, a jeté un jour lumineux et vrai sur cette question.

Mais nul n'a cherché a donner à ses revendications la forme d'un projet de loi.

Le Parlement semble reconnaître son impuissance.

Il y a eu accaparement; un Etat s'est élevé dans l'Etat; quelque chose de monstrueux, d'inique, subsiste et se perpétue, qui demain bouleversera de nouveau notre pays et aucun remède pratique n'est apporté à cette lèpre dont souffre tout un peuple.

C'est pourquoi, en toute humilité, mais avec la force que donne la seule recherche de la Justice et de la Vérité, je viens de nouveau indiquer, en la précisant, la solution la plus prompte, la plus noble et la plus équitable que je connaisse: je veux dire la mise en valeur pour le seul Bien Public de l'édifice immense élevé en France, depuis bientôt quatre-vingt-dix ans par la puissante famille des Rothschild et qui jusqu'à présent n'a fonctionné qu'à son seul profit.

Certes, avec le temps, le Socialisme, arriverait à résoudre le grand problème qui nos occupe. Mais combien faudrait-il encore d'années au Socialisme, qui ne fait que naître lui-même, pour imposer ses saines doctrines?

Pourquoi la Maison de Rothschild ne ferait-elle pas elle-même la moitié du chemin?

Pourquoi ses membres éminents et éclairés ne diraient-ils pas à la plèbe souffrante: Amis, nous venons à vous! Nous venons mettre au service de la France et de son prolétariat notre expérience et la force que nous donnent les capitaux que nous ont légué nos parents. Désormais notre but, notre honneur, notre joie seront de soulager vos misères: la Maison de Banque de Rothschild Frères n'existe plus; elle est remplacée par une Société anonyme par actions, dont les dividendes seront repartis entre tous les Bureaux de Bienfaisance de France et autres œuvres charitables reconnues d'utilité publique, sous le contrôle des administrateurs de notre Société.

Qu'un tel évènement ait lieu et le monde aura réellement vu éclore une ère de Justice, d'Amour fraternel et de Paix.

Et les sages et justes lois de Moïse seront alors suivies; car n'est-il pas écrit :

« **Tu aimeras ton prochain comme toi-même** »

(Troisième livre de Moïse, chap. XIX).

et plus loin :

« **Vous sanctifierez la cinquantième année**
« **et proclamerez la liberté dans tout le pays**
« **et parmi tous ses habitants : ce sera votre**
« **jubilé et vous rendrez à chacun son bien et**
« **chaque homme à sa famille.** »

(Même livre chap. XXV).

Ainsi soit-il!

Villeneuve-sur-Yonne, 1900-1902.

Philippe-Antoni BÉQUET,

Citoyen Français
Ancien Commis de Banque,
Ancien Membre du Cercle Catholique du Luxembourg (à Paris)
Chevalier de l'Ordre de Malte
Ancien Propriétaire-Rédacteur de " La Lanterne de Floridor "
(Organe Socialiste Anti-Accapareur, Paris 1883)
Promoteur et Président d'Honneur des Fêtes de Bienfaisance
de Villeneuve-sur-Yonne, 1893
Secrétaire-Adjoint du Comité Marie-Poitrat (œuvre philanthropique)
Promoteur de la Société de patronage des
Aliénés et Assimilés du Canton de Villeneuve-sur-Yonne
(œuvre philanthropique en voie de formation).

A Monsieur le Baron
Alphonse de Rothschild
à Paris

« Amicus Plato, amicus Socrates, sed magis amica veritas *».

ARISTOTE.

Monsieur le Baron,

Je vous crois le chef de la famille des Rothschild de France; comme tel je vous dois l'explication que j'ai l'honneur de vous donner :

Des sentiments qui germaient et se développaient depuis tantôt vingt ans dans mon âme viennent, mûris par le temps, de s'affirmer avec plus de force que de coutume et de se traduire en quelques mauvais vers que, tels qu'ils sont, j'ai pris l'inébranlable résolution de publier. Je vous en remets sous ce pli une copie et je m'empresse de m'acquitter de l'obligation que j'ai contractée envers vous en me servant de votre nom.

On pourrait arguer que le mot " Rothschild " n'est plus exclusivement un nom propre; que c'est maintenant un substantif couramment employé pour désigner un homme immensément riche et que l'on dit aujourd'hui: un Rothschild comme on dit: un crésus; et je puis ajouter qu'en écrivant " Rothschild " je m'adresse aussi bien aux de Hirsch, aux Stern, aux d'Erlanger, aux Camondo, qu'à vous, Monsieur, et aux autres membres de votre famille.

* J'aime Platon, j'aime Socrate, mais je leur préfère la vérité.

Toutefois, comme je vous ai désigné nommément, je dois vous faire savoir dans quel esprit j'ai agi : Ma pensée, croyez-le, ne s'attaque à personne ; elle va plus loin et plus haut que les individualités. Elle vise les principes et ne cherche qu'à démasquer cette question sociale, cette unique question sociale, qui, quoiqu'on en ait dit, existe bien ; à attirer sur elle les regards de tous et à aider à sa solution en indiquant la seule voie qui puisse y conduire, c'est-à-dire l'observance plus vraie des lois de Moïse et la pratique plus large de la morale du Christ.

Mon seul but est de rappeler au plus puissant des enfants d'Israël, comme à tous les autres hommes, qu'il est écrit ceci sur les tables de la loi :

« **Souviens-toi du jour du repos pour le**
« **sanctifier. Tu travailleras six jours, et tu**
« **feras toute ton œuvre. Mais le septième jour**
« **est le repos de l'Eternel ton Dieu ; tu ne feras**
« **aucune œuvre en ce jour-là, ni toi, ni ton fils,**
« **ni ta fille, ni ton serviteur, ni ta servante,**
« **ni ton bétail, ni l'étranger qui est dans tes**
« **portes ; car l'Eternel a fait en six jours, les**
« **cieux, la terre, la mer, et tout ce qui est**
« **en eux, et il s'est reposé le septième jour ;**
« **c'est pourquoi l'Eternel a béni le jour du**
« **repos et l'a sanctifié** » ;

et qu'il est dit plus loin :

« **Tu n'oppprimeras point l'étranger, car vous**
« **savez ce que c'est que d'être étrangers, parce**
« **que vous avez été étrangers au pays d'Egypte.**
« **Pendant six années tu sèmeras la terre, et tu**
« **recueilleras son revenu. Mais en la septième**
« **année tu lui donneras du relâche et tu la**
« **laisseras reposer, afin que les pauvres de**

« **ton peuple en mangent, et que les bêtes des**
« **champs mangent ce qui restera. Tu en feras**
« **de même de ta vigne et de tes oliviers. Six**
« **jours durant tu travailleras ; mais au septième**
« **jour tu te reposeras, afin que ton bœuf et ton**
« **âne se reposent, et que le fils de ta servante**
« **et l'étranger reprennent leurs forces** ».

Et si je suis assez heureux pour avancer d'une heure le moment où, suivant la sublime expression de Louis Blanc, « **le bonheur des uns ne sera plus acheté au prix des larmes des autres** », mon cœur sera content.

Je vous aime, Monsieur, comme j'aime tous les hommes.

A. BÉQUET.

Paris, 15 Avril 1883.

CRASSUS

Rappelez-vous le temps où sur les sept collines
Que le Tibre boueux arrose en bondissant,
Riche encor de vertus, inconscient de ses crimes,
Un grand peuple marchait au déclin de ses ans.

Jupiter est son dieu; il a l'honneur pour loi;
Pour livre les augures, et la force est son droit.
Car l'Eternel n'a point, dans ses desseins profonds,
Eclairé de ses feux ces puissants de la terre.
Et Rome la Superbe, maitresse des nations,
Rome possède tout, tout hormis la prière.

Là, malheur à qui tombe; car aucune pitié
N'adoucit en son cœur le soldat fortuné.
Rome, pour les fins mets de ses festins de joie,
Jette dans ses viviers des esclaves aux lamproies;
Et dans son 'cirque immense, cent mille spectateurs
Rient de l'égorgement de ses gladiateurs.

Crassus tient dans les fers plus de dix mille esclaves;
Il faut qu'il ait de l'or; il ne veut point d'entraves ;
Il pratique l'usure et acquiert à vil prix
Mille et mille maisons de citoyens proscrits.

Ses coffres sont bondés d'innombrables richesses.
Crassus est le banquier du prince qui conspire;
Et pour qu'il paie ses dettes et saisisse l'empire,
Il prête au grand César cent millions de sesterces.
Fould n'est qu'un copiste, car on trouvait déjà
De pareils escompteurs pour les crimes d'Etat.

Les jours sont revenus des excès des païens;
Plus que la faux du temps, un nouveau Minotaure,
Toujours inassouvi, nous tue et nous dévore.
Crassus possède encor tout un quartier de Rome,
Et ses maisons pourraient abriter cent mille hommes.
Ce moderne Crésus nous pressure à deux mains.

Crassus ne vivait pas sur ses concitoyens;
Crassus était Romain, et dans la ville antique,
Les barbares payaient seuls pour la République.

Ici, l'aubain est tout; et nous les régnicoles,
Il nous faut lui livrer jusques à nos oboles.
Sur le sol de Brennus, le Gaulois n'est plus rien;
La terre, l'air, le sel, tout est pour le forain.

Quand sonnera pour nous l'heure de délivrance?
Quand donc, Peuple Français, seras-tu maître en France ?
Ton sol hospitalier offre à chacun du pain
Mais malheur à celui qui l'ôte à son prochain!

Cependant un vampire aux mille tentacules,
Depuis trois fois vingt ans s'est abattu sur nous.

A la faveur des lois de nos rois, ses émules,
Ce ventre monstrueux s'est emparé de tout.
Chacun se meut pour lui; et sept jours la semaine,
C'est pour lui qu'on travaille, à la ville, à la plaine.
Il a la main partout. C'est pour ses dividendes
Que siffle la vapeur de Dunkerques aux Landes;
Et quand le laboureur qui nourrit dix enfants,
Pour prix de ses sueurs reçoit en tout deux francs ,
Chaque jour, dans son lit, lui en porte cent mille.
On peut, avec cela, élever sa famille.

Insensible à nos joies, il sourit à nos maux,
Car ses jours de triomphe ce sont nos Waterloos.
Ni son sang ni son nom ne sont de ce pays;
Ces biens qu'il accapare, ce sont ceux de nos pères;
Il vit dans des palais et nous dans des tanières:
Maudit soit le chemin qui l'a conduit ici!

Vous avez cent maisons, vous avez vingt domaines;
Et nous, les travailleurs, qui mourons à la peine,
Aux repaires des villes aussi bien qu'au hameau
Nous sommes dix en tas, ainsi que des bestiaux.
Pensez un peu à nous. Vous traitez mieux vos chiens;
Vous pourriez, sous vos toits, loger bien des Chrétiens;
Ils y seraient heureux; et dans votre Ferrières,
Sans vous incommoder, tailler mille chaumières.

Il n'est pas satisfait de dix fois cent millions!...
Compte-t-il emporter son or dans l'Achéron?
Il est le roi des Juifs et notre maître à tous:
Prétend-il donc à plus? Voulez-vous dans vos mains
Voir le dernier écu du dernier des Chrétiens?

Vous vous croyez des forts; vous n'êtes que des fous!
Nous tremblons pour nos fils; mais tremblez pour les vôtres !
Les enfants, c'est écrit, des pères paient les fautes.
Il est temps de relire un peu votre Genèse.
Avez-vous oublié l'année Quatre-Vingt-Treize?

Les jours viendront encor des liquidations
Que le Dieu des humains fait aux générations!

Puisqu'aujourd'hui c'est toi qui détiens la puissance,
Rothschild, souviens-toi que tu dois à la France,
Du premier au dernier, tous tes millions d'écus.
Vis de tes intérêts; ne nous prends rien de plus.
Sois un peu gentilhomme! Renonce à ta boutique
Et que tout notre gain n'aille plus rue Laffitte.
Jouis de tes palais, jouis de ton domaine,
Mais laisse respirer, enfin, la race humaine!

FIN

Paris, 1883.

www.ingramcontent.com/pod-product-compliance
Ingram Content Group UK Ltd.
Pitfield, Milton Keynes, MK11 3LW, UK
UKHW021019220726
13924UKWH00001B/66

9 782019 930981